EL CUENTO INTERRUMPIDO

PILAR MATEOS nace en Valladolid. A los siete años ya quería ser escritora, a los diez bailarina y escritora, a los catorce pintora, escultora, bailarina, artista de circo y escritora. Como se ve lo de escritora lo tenía clarísimo.

Cursó estudios de Filosofía y Letras en su ciudad natal, ha vivido en San Sebastián, y actualmente reside en Madrid.

Ha escrito teatro, guiones dramáticos para radio, televisión y literatura para niños.

En 1980 ganó el primer premio de guiones de Radio Nacional y en 1982 el Premio Lazarillo con su libro *Capitanes de plástico,* que al año siguiente fue traducido al francés.

TEO PUEBLA nace en Puebla de Montalbán, Toledo. Su inquietud por la pintura nace con él. Desde la infancia va desarrollando esta vocación de manera autodidacta hasta llegar a la profesionalidad.

Tiene numerosas obras ilustradas y también grandes cuadros en donde se refleja toda su sensibilidad hacia el mundo que le rodea, fundamentalmente hacia los niños, que, como él dice, *es lo más noble.*

Ha recibido múltiples premios por su labor, pero el último y más importante es el Primer Premio Nacional de Literatura Infantil 1982 a la mejor labor de ilustración de libros infantiles. En la colección Mundo Mágico ha ilustrado el libro de Carmen Vázquez-Vigo, *Sirena y Media,* y en esta misma *Pabluras.*

PILAR MATEOS

EL CUENTO
INTERRUMPIDO

EDITORIAL NOGUER, S.A.
BARCELONA - MADRID

A Montserrat del Amo
y a Virilo

RESERVADOS TODOS LOS DERECHOS
Cubierta e ilustraciones: Teo Puebla
© Pilar Mateos, 1984
© Editorial Noguer, S. A., Paseo de Gracia, 96, Barcelona, 1984
ISBN: 84-279-3149-2

Todas las tardes Virilo se marcha a los pinares, que están en la otra punta de la ciudad, a buscar un tesoro o una cigüeña despistada; también se le puede ver tomando el sol en las tapias, junto a las lagartijas, y jugando a la petanca en la plazuela; sin embargo su diversión favorita es escuchar los cuentos de Nicolás. Lo que no le gusta nada es el telediario, perder en el juego y arreglar esas cosas que se rompen, las persianas y los enchufes de las planchas.

—Allá se las compongan —refunfuña—, yo ya tengo bastante que hacer.

Y se desentiende del asunto esperando

que las cosas se arreglen solas. Las cosas, naturalmente, las arreglan los demás; en cambio, él baja por la mañana temprano a comprar el pan y la leche. Se pasa un buen rato de charla con la panadera —a Virilo le gusta la panadera que es redonda y tostada como una rosquilla—; se pasa otro buen rato discutiendo con Matías, el pescadero, porque ha subido el precio de la pescadilla; y a la vuelta se para a mirar los carteles de la entrada del cine. Los carteles dicen palabras misteriosas que él no puede entender. Se queda allí mirándolos intrigado, esforzándose inútilmente, con esa rabia que nos dan las tapias demasiado altas y los cajones atrancados. Y es que Virilo no sabe leer.

Virilo tiene muchos años, setenta y tres; un pelo blanco cortado al cepillo, una mirada curiosa y una dentadura postiza que se compró de segunda mano y que le está un poco grande; además tiene un reloj antiguo, colgado de una cadena, en el que suele mirar la hora cuando está discutiendo con Matías.

—Más vale que me apresure —dice—, que

luego llega Nicolás y no tengo lista la comida.

A Virilo le cae muy simpático Nicolás.

Nicolás sale de la escuela a las doce y media, pero, en vez de irse a casa derecho, lo que hace es pedirle a Montse que le deje dar una vuelta en sus patines, a Aitor que le preste el balón para jugar al fútbol y a Carmiña que le enseñe su colección de orugas. Nicolás es un poco pedigüeño, es lo malo que tiene, y una pizca desagradecido. Está mirando una oruga recién nacida con la lupa de Cipriá, y de pronto exclama:

—¡Ay!, que Virilo me está esperando.

Y se marcha a todo correr sin dar ni las gracias.

Nicolás tiene nueve años, un pantalón vaquero con rodilleras y una goma de borrar.

A Nicolás le cae muy simpático Virilo.

Lo raro es que no solamente es Virilo quien le espera. Algunos días, mientras juega con sus amigos, Nicolás se refiere a otras personas de nombres extraños.

—Que me tengo que ir, a ver lo que pasa con Gulliver.

O dice que ha dejado a Ivanhoe en una situación muy peligrosa, o que esta vez el capitán Ernest no tiene escapatoria y, ¿quién sabe lo que estará planeando Guillermo?

Con tanta gente los amigos de Nicolás se hacen un lío.

—Deben ser muchos de familia —comenta Montse, admirada.

Sin embargo, a la hora de comer sólo son dos: Nicolás y Virilo.

Comen en la mesa de la cocina, sobre un mantel de plástico que tiene una guirnalda de flores, amarilla y verde, toda alrededor. Virilo se come la miga del pan y Nicolás la corteza. Virilo se bebe el vino y Nicolás la gaseosa. Nicolás prefiere la pechuga del pollo, y Virilo dice que es mucho mejor el muslo, sin comparación; así que se complementan muy bien y no desperdician nada. Cuando terminan, Virilo quita los platos y Nicolás limpia el mantel con una **bayeta** húmeda. Entonces, al aire tibio de la cocina y acompañados por una música de cazuelas y voces que alegran el patio, se disponen a disfrutar juntos del mejor rato del día.

Nicolás abre el libro; pasa las hojas muy de prisa buscando la página donde se interrumpieron ayer, y empieza a leer. Virilo le escucha mirándole atentamente a la cara, sin pestañear apenas, como si en la cara de Nicolás pudieran verse los seres más fascinantes, las más increíbles aventuras que hayan sucedido jamás.

Virilo no sabe leer porque nadie le enseñó. A los siete años, en vez de mandarle a la escuela le mandaron a guardar las vacas por un caminito verde. A los once ya se iba más lejos, a llevar un rebaño de cabras a los pastos de la montaña. Y así siguió durante toda su vida, de pastor, aprendiendo por su cuenta esas cosas que no vienen en los libros. Y como allá, en su pequeña aldea, ni siquiera tenía ocasión de ver un periódico, Virilo no sintió nunca la necesidad de aprender a leer. Mucho menos ahora que ya estaba viejo, y se le había metido en los ojos como una niebla que no acabara de levantar.

—Ya no alcanzo a distinguir la cigüeña ni el cigoñino(1) —se lamentaba.

Su única hija, la Nicolasa, se había casado años atrás, y se había ido a vivir a una tierra llana donde crecían el trigo y los pinares. Virilo se había quedado solo y conforme con sus dos cabricas. En las noches de invierno, para no sentir el frío, se las llevaba a dormir a su habitación; luego protestaba de que se hubieran comido los flecos de la colcha.

—Pues vaya un destrozo que me habéis hecho.

Pasaba la jornada ocupado en numerosas tareas, sacar agua del pozo, cavar el huerto, cuajar la leche para obtener el queso; todavía, a las doce de la noche, Virilo se había dejado algo por hacer.

—A ver si mañana temprano limpio el establo.

Virilo estaba limpiando el establo cuando llegó el correo con la carta de la Nicolasa. La leyó el cartero en voz alta, y Virilo se enteró del triste suceso. El marido de la Nicola-

_____

(1) Pollo de cigüeña.

sa había muerto, y ella esperaba que Virilo acudiera a su lado para echarle una mano.

«Pues el mucho trabajo que tengo —decía la carta— no me deja tiempo para atender al niño como es debido, y considero que con nadie estará mejor que con su abuelo. Por la presente le envío el billete del tren, a fin de que se ponga usted en viaje de hoy en ocho, el día catorce de este mes, en que Nicolás y yo iremos a esperarlo a la estación.»

Virilo se había quedado quieto, con la vista fija en un rollo de soga caído a sus pies. Luego, sin proponérselo, miró, por el hueco de la puerta, hacia la montaña donde él había estado guardando las cabras toda su vida. El cartero le alargó una cartulina rectangular que tenía el color de la paja.

—Y aquí está el billete —dijo.

Precisamente al día siguiente ocurrió un hecho curioso. Dos forasteros llamaron de mañana a su puerta, cuando Virilo estaba sacando una vieja maleta de cartón. Llevaban unos pantalones andrajosos y deshilachados, y el pelo tan largo que Virilo, entre la niebla de sus ojos y el poco dormir de aquella noche, no supo precisar, al pronto, si eran hombres o mujeres.

—Nos hemos enterado de que se marcha usted —le dijeron.

Virilo se dio cuenta de que llevaba la maleta en la mano y la depositó en el suelo.

—Pronto corrió la noticia.

—Nos lo ha dicho el cartero.

El uno era hombre y la otra mujer. Venían de la capital y andaban buscando una casa donde instalarse. No querían vivir por más tiempo en las grandes ciudades, sino en una aldea pequeña con dos cabras y un huerto.

—Pensamos que a lo mejor usted quería vendernos la casa.

—¿Y el huerto también?

—El huerto también.

Al primer impulso, Virilo los hubiera mandado por el monte abajo de un empellón; no porque los chicos no le fueran simpáticos, sino porque le daba rabia y pena que unos extraños vinieran a quedarse con su habitación, y con sus pimientos, y con la cama de níquel donde había nacido la Nicolasa; pero enseguida consideró lo tonto que era quedarse contemplando la cama donde había nacido la Nicolasa pudiendo contemplar a la Nicolasa en persona. Y mira por dónde la suerte había traído hasta su puerta a dos forasteros dispuestos a darle unas pesetillas con tal de que les cambiara el sitio; y eso siempre venía bien.

—¿Y qué se hace de las cabras?

—Nos quedamos con ellas.

Virilo había mirado con más detenimiento a la cara del chico y a la cara de la chica.

—Les gusta comer margaritas por primavera.

—Les daremos margaritas.

—Le llevaré el zurrón al chico —se dijo Virilo—. Y el cuchillo de monte. Y las almadreñas(1).

El zurrón iba tambaleándose en el maletero del tren, rebosante de quesos; y a medida que las montañas se iban quedando atrás, el tren se adentraba por una tierra ancha y

_____

(1) Zueco, zapato de madera para andar por el barro.

dorada, y el aire se hacía más frío. Virilo no había viajado antes en tren; no había viajado nunca, en realidad, más que cuando salió de la aldea para ir a la guerra, y entonces se lo habían llevado en un camión junto a otros muchachos, tan desconcertados como él, y un sargento de voz poderosa.

—¡Virilo Porres!

—Servidor.

—No se dice servidor. Se dice a la orden.

—Lo que usted mande.

Lo mandaron a la cocina del cuartel. Virilo se pasó la guerra peleando con las patatas y las zanahorias, que nunca eran suficientes para tantos soldados hambrientos, y echándole agua a la sopa para que cundiera más. Un buen día le dijeron:

—Esto se acabó.

Lo metieron en un camión con otros muchachos desconcertados, y lo devolvieron al pueblo. Virilo no volvió a acordarse nunca más de la guerra. En cambio, recordaba muy bien cómo se cura el mal en las patas de las cabras, abriéndoles la pezuña y dejándolas reposar seis días en el establo; salvo que esto, probablemente, ya no le iba a servir para nada.

Virilo se puso de pie y salió al pasillo del vagón. El tren era sucio y anticuado, pero Virilo suponía que era el último avance de la técnica y lo contemplaba todo con verdadera admiración. El tren era lento y renqueante, pero Virilo creía que viajaba a una velocidad de vértigo, y estaba aún más emocionado que aquel día, en su mocedad, cuando fue el primero en escalar el Pico del Muerto. Dos chicos, cargados con mochilas cruzaron el pasillo y le saludaron al pasar.

—Buenas tardes.

—Con Dios.

Llevaban pantalones vaqueros y el pelo largo. Uno de ellos lo llevaba tan largo que se lo tenía que recoger en la nuca con una goma para que no le estorbara.

—Éstos son como aquéllos —pensó Virilo recordando a los forasteros que se habían quedado con su casa.

A ambos lados de la vía se extendían ahora los vastos pinares y el aire olía a resina.

Virilo divisaba ya, desde la ventanilla, las luces inquietantes de la ciudad. Notaba por dentro un remusguillo que no le daba descanso, como una mezcla de pena y esperanza.

Lo que hizo fue desatenderse de la pena y dejar que le creciera la esperanza.

2

Nicolás recuerda muy bien la primera vez que vio a Virilo en la estación. Tenía la cara quemada por el sol y la mirada de un niño perdido. Llevaba puesto un traje muy raro, de los que solamente se ven en las fotografías antiguas, y muy descosido. Tenía las uñas negras y no le quedaban más que dos dientes.

—Parece un pobre.

Sin embargo a Nicolás le gustó; le gustó mucho cómo le apretó la mano y el modo en que le miró, y que fuera un abuelo distinto que regalaba zurrones llenos de queso y cuchillos de monte.

—Pero, ¿cómo le da eso al chico? ¿No ve usted que se va a hacer daño?

La madre de Nicolás cogió a Virilo por su cuenta. Lo lavó, lo planchó y lo dejó como nuevo; hasta le compró una dentadura igual que la de los artistas de cine. Pero Virilo no se atrevía a salir a la calle porque temía que le atropellara un coche, y no quería bajar a comprar la leche.

—Si es que apenas veo, hijo; que no veo yo bien para atravesar la calzada.

—Eso es por la niebla. En invierno siempre pasa igual. Dice mi madre que sale del río.

—¿De manera que hay nieblas aquí?

—Algunos días. El lunes me levanté y no se veían las casas de enfrente.

Virilo pareció más desalentado.

—Pues sí que he venido a buen sitio.

—Por las tardes sale el sol —se apresuró a añadir Nicolás.

Poco a poco, Virilo fue cogiendo confianza. Aprendió la dirección de la panadería y a cruzar por el paso de peatones, y se hizo amigo de Matías, el pescadero. A lo que no

acababa de acostumbrarse era a aquella niebla que ponía velos grises en las calles de la
ciudad y en sus ojos. Cuando Nicolás volvía
de la escuela, al mediodía, solía encontrarle
deambulando por la cocina, con ese aire de
desamparo que tienen los nuevos de la clase
el primer día de curso.

—Parece un nuevo.

—Hoy he puesto patatas con bacalao —decía
Virilo—. A ver si te gustan. A la Nicolasa bien
que le gustaban de chica.

—No se dice la, abuelo. Se dice sólo Nicolasa.

Por entonces Nicolás no llegaba todavía al
escurreplatos y Virilo tenía que alcanzarle el
plato y el vaso. Nicolás se comía las patatas
rebañando la salsa con un buen trozo de
pan, y decía que estaban muy ricas, rela-
miéndose, para ver si Virilo se animaba un
poco. Lo miraba con el rabillo del ojo y veía
que no, que no se animaba.

—Puedes ver la tele si quieres.

—Deja. No me hace mucha gracia el apa-
rato ese.

—Ya. Es que a esta hora sólo dan el telediario. Y es muy aburrido.

Nicolás pasaba una bayeta húmeda por el
mantel, como había visto hacer a su madre.
Cogía la cartera y se disponía a hacer los
deberes allí mismo, o a leer un cuento. Virilo
se sentaba en el taburete, se ponía de pie,
abría la ventana del patio, la cerraba y se
volvía a sentar. Observaba un rato a Nicolás.

—¿Qué dice ahí?

—¿Dónde?

—Dónde va a ser. En ese libro.

—¡Ah! Es un cuento.

—¿Y qué dice?

—Es que ya me llego muy adelantado. Me
llego cuando ya han descubierto al ladrón de
los pavos reales.

—¿Y quién es el ladrón?

—Si te lo digo no tiene gracia. ¿Quieres
que lo empiece por el principio? A mí no me
importa.

Por toda respuesta Virilo acercó más su
taburete a la mesa, y mientras Nicolás empezaba a leer el cuento desde el principio él iba
contemplando las ilustraciones con deteni-

miento. Se veía un parque donde había niños jugando y pavos reales con las colas desplegadas. En el siguiente dibujo los pavos reales habían desaparecido y los niños estaban buscándolos. Cada vez que intervenía un nuevo personaje, Virilo preguntaba:

—¿Ese es el ladrón?

Y Nicolás le contestaba:

—Si te lo digo no tiene gracia.

—Pues alguno tendrá que ser...

Le asombró tanto la historia que parecía como si no acabara de creérsela, como si desconfiara de Nicolás.

—¿Y todo eso lo dice ahí?

—Míralo tú.

Virilo apartó la cara del libro, con un gesto desabrido, y se puso a mirar para otro lado.

—¿No te lo crees? —insistía Nicolás, metiéndole el libro por los ojos—. Léelo. Léelo.

—¿Qué voy a leer? —masculló Virilo—. Yo no sé de letras.

—¿No te sabes las letras?

Por un lado, Nicolás estaba sorprendido.

Le sorprendía que un señor tan mayor no supiera leer, cuando uno tiene la impresión de que los mayores lo saben todo; pero, por otro lado, él ya se había dado cuenta de que Virilo no era un abuelo como los demás; y aunque Nicolasa le hubiera obligado a ducharse y a cortarse las uñas, esto no cambiaba lo esencial. Ahora Virilo era un abuelo limpio, pero distinto.

—¿Y las grandes tampoco?

Virilo miró de pasada las letras grandes de la portada. Hizo un gesto negativo.

—Si quieres te enseño —dijo Nicolás—. A mí no me importa.

Pero Virilo ni siquiera lo intentó, porque las mayúsculas se le volvían moscas delante de los ojos, y las minúsculas, cagaditas de mosca.

—Ya ves —refunfuñó—, se me ha gastado la vista sin haberla estrenado.

Esto no era cierto. Virilo había empleado su vista en infinidad de tareas, y le había sido muy útil para divisar a la cabra perdida entre los pedregales, y la silueta del lobo detrás de las encinas y al gusanillo enroscado que se come las matas de los pimientos en cuatro días, si uno no se anda con ojo.

—Mañana traigo otro cuento si quieres —sugirió Nicolás—. Se lo pido a Montse.

Al día siguiente le leyó el cuento de los siete cabritillos, y a Virilo le hizo mucha gracia que el más pequeño se escondiera en la caja del reloj.

—Mira qué espabilado —comentaba.

En la escuela, Nicolás se volvió más pedigüeño que nunca. Pedía libros prestados a Carmiña, a Cipriá, a Aitor y a todo el que se le ponía por delante; no le quedaba otro remedio. No podía presentarse en casa con las manos vacías, porque el viejo le estaba esperando en la cocina, con una sartenada de patatas doradas y crujientes, revolviendo, casi a tientas, un guiso de carne y verdura, y según entraba Nicolás por la puerta ya le estaba preguntando:

—¿Qué traes hoy?

—Hoy traigo uno de guerra.

Al principio, Virilo escuchaba boquiabierto, prendido de la voz del niño, y tan fascinado por lo que oía que no se aventuraba a hablar. Cuando sólo tenía setenta años, Nicolás le leyó *Historias de Ninguno* y *El hombrecillo de papel,* a los setenta y uno le leyó *Fanfamús* y *La piedra y el agua;* y el día que cumplió setenta y dos años Nicolás consideró que ya tenía edad suficiente para escuchar cualquier clase de relato. Por entonces Virilo ya no se conformaba con oír y callar; hacía preguntas y comentarios, quería saber detalles que no venían en el libro, y discutía con Nicolás porque no se ponían de acuerdo sobre una historia de piratas.

—Te digo que el tesoro lo ha escondido el chico en la bodega del barco.

—Que no, abuelo. ¿No ves que el chico va con los buenos?

—Algo se trae ése entre manos; te lo digo yo.

—Ya verás cómo no.

—Ya verás cómo sí.

—Pero si es amigo del capitán. No te enteras de nada.

—A mí me van a engañar.

Virilo se iba haciendo más exigente cada día. Protestaba de que los viejos no aparecieran nunca en los cuentos, y empezó a examinar con prevención los dibujos de los nuevos libros.

—¿Sale algún abuelo?

—Me parece que no.

—Ya estamos...

Los protagonistas de las historias de Nicolás eran casi siempre niños; a veces intervenían los padres, algún profesor joven y comprensivo, pero los viejos, nunca.

—Y los viejos somos muy importantes —argüía Virilo—. A ver, ¿quién mira por ti mientras tu madre está trabajando? ¿Quién guisa el bacalao? ¿Quién te dice que no te mojes los pies?

En eso Virilo tenía razón y Nicolás se la daba sin vacilar.

—Tú.

Porque su madre bastante hacía con salir todas las mañanas a ganarse el jornal, y como ella misma había dicho, el mucho trabajo no le dejaba tiempo para ocuparse del niño como hubiera querido.

La madre de Nicolás se marchaba de casa a las siete de la mañana. Cogía un autobús que la llevaba hasta la plaza mayor y allí cogía otro que atravesaba toda la ciudad, pasaba por los pinares, seguía por la carretera de Madrid, y a las ocho menos cinco se detenía ante el edificio de la fábrica de galletas. Nicolasa se metía un guardapolvo blanco, se sujetaba el pelo con un gorro, y allí se estaba durante ocho horas envasando galletas rellenas de chocolate. Para regresar tomaba los mismos autobuses, pero en dirección contraria.

Un día volvió a casa con más prisas que de costumbre. Comió poco y de mala manera, y le dijo a Virilo:

—Lávese las orejas, que hoy vamos al médico.

—¿Quién va a ir al médico? —rezongó Virilo.

—Usted. Me han informado de que tiene derecho a que le atienda mi médico. Quiero que le mire los ojos.

—Y si va a mirarme los ojos, ¿qué falta hace que me lave las orejas?

Nicolasa se atragantó con las uvas que se estaba tomando.

—Ya está bien, padre; parece usted un crío.

En la sala de espera había mucha gente haciendo cola. Cuando le llegó el turno, Virilo entró en la consulta un poco amedrentado. Nicolasa iba delante de él con la cartilla en la mano, y ella le explicó al doctor que Virilo no distinguía un autobús de una bicicleta.

—Con la vista que tenía este hombre —suspiraba.

El médico se asomó a los ojos de Virilo como si se asomara a dos pozos pequeños.

—Lo que usted tiene son cataratas —dijo—. Deberá ir al oculista.

Virilo tuvo miedo de quedarse ciego y no se atrevía a hacer ninguna pregunta. Quien preguntaba era Nicolasa.

—¿Eso es grave?

—Molesto —dijo el médico—. Hay que esperar a que acaben de formarse y luego se operan.

—¿Y quedará bien?

—Es lo más probable.

—Menos mal. —Virilo volvería a contemplar el vuelo circular de los vencejos que entraban en el patio, y a los gorriones alimentando a sus crías en las aceras, junto a las ruedas de los coches. Era lo más probable. Y en las tardes de invierno ya no tendría que preguntarle a Nicolás.

—¿Ha levantado la niebla?

Le bastaría con asomarse a la ventana y comprobarlo por sí mismo. Entre tanto, habría de tener paciencia hasta que volviera a salir el sol. Los cuentos de Nicolás le ayudarían a esperar.

3

Durante los días que precedieron a la operación, Virilo gruñía más que de costumbre. La niebla de sus ojos había terminado de cerrarse y el pobre habitaba ya en un mundo en sombras; sin embargo se esforzaba por seguir cumpliendo sus tareas, aunque Nicolás ya alcanzaba, empinándose, a coger los vasos del escurreplatos, y había aprendido a hacer tortillas francesas de caprichosas formas. Ese no era el problema. El problema era conseguir los nuevos libros que Virilo esperaba.

—¿Seguro que no tienes más? —le preguntaba a Montse.

—Que no. Que ya te los he dejado todos.

—¿No te habían regalado otro el día de tu cumpleaños?

—Pero ese todavía no lo he leído.

—Dice mi madre que no te preste más libros —dijo Carmiña—, porque luego huelen a sopas de ajo.

—Es que a mi abuelo le gustan mucho las sopas de ajo.

—Por eso.

—Lo mejor es que te hagas socio de la biblioteca —sugirió Aitor—, así puedes leer los cuentos que quieras.

—¿Sí? —se asombró Nicolás—. ¿Y qué hay que hacer para ser socio?

Había que hacerse una fotografía en una máquina, y costaba cincuenta pesetas. Una barbaridad. Eso fue lo que opinó Virilo cuando se las pidió. Nicolás salió bizco en las fotografías, y al entregárselas a la bibliotecaria de la escuela, tuvo la precaución de ponerse bizco, no fuera a pensar que el de las fotos era otro y le tomara por un falsificador.

La bibliotecaria pegó dos de ellas con

mucho cuidado en sendas tarjetas, anotó unos números y le preguntó su nombre sin mirarlo.

—¿Nombre?

Nicolás volvió a ponerse bizco.

—Nicolás Martínez Porres.

—Pues ya está —dijo la bibliotecaria; y le entregó una de las tarjetas—. Dame cinco duros.

Nicolás se quedó aterrado.

—No tengo.

—Bueno, es igual. Me los traes mañana.

—Pero, ¿ya puedo leer los libros?

—Sí hombre, sí. ¿Cuál quieres?

Nicolás recorrió con la mirada, deslumbrado, los numerosos estantes repletos de libros. Cientos de cuentos, miles de aventuras invitándole a visitar mundos maravillosos. Era como estar en Jauja —Virilo no conocía aún la historia del país de Jauja—. Se acercó a una estantería y empezó a leer títulos y a pedir éste y éste, y el otro también, y el de arriba, y aquél...

—¿En qué quedamos? —apremió la encargada—. La biblioteca se cierra a las siete.

Nicolás no la oyó, porque él mismo, por su cuenta, iba sacando libros febrilmente y colocándolos, con mucho entusiasmo, sobre la mesa, hasta formar una torre.

—Pero, ¿qué haces? No se puede sacar más de uno cada vez.

Nicolás la miró desconcertado y no se acordó de ponerse bizco.

—¿Sólo uno?

—Y tampoco vas a tener tiempo de leerlo hoy. Cerramos dentro de un cuarto de hora.

—Me los voy a llevar a mi casa —explicó Nicolás.

La bibliotecaria movió la cabeza negativamente.

—Está prohibido sacar los libros de la biblioteca.

Nicolás se sintió súbitamente despojado de un tesoro, arrojado desde el país de Jauja a la más negra de las miserias.

—¿Está prohibido?

Esta vez la mujer le miró con un destello de interés.

—Puedes venir a leerlos aquí siempre que quieras.

Comenzó a reponer ordenadamente en su lugar los libros que el niño había elegido. Nicolás estaba inmóvil, con una profunda expresión de desencanto.

—Yo sí —murmuró—, pero mi abuelo...

—¿Qué le pasa a tu abuelo?

La torre de libros iba desapareciendo de la mesa con la increíble rapidez de un juego de magia.

—Pues que él no puede venir. Y, además, que está ciego. Y, además, que no sabe leer. Por eso se los tengo que leer yo.

—Lo siento —dijo la encargada—, pero está prohibido.

Sobre la mesa quedaba un único libro forrado de papel azul. La mujer lo cogió con un ademán brusco y lo puso en las manos de Nicolás.

—Está rigurosamente prohibido sacar los libros de la biblioteca.

Empujaba a Nicolás hacia la salida, y Nicolás la miraba perplejo, tan confundido que el libro se le deslizaba de las manos y poco faltó para que lo dejara caer. Ella se lo llevaba a empujones hasta la puerta, mientras insistía:

—Así que ya lo sabes. Mañana no me vengas con esas, porque te diré lo mismo que hoy.

Lo puso en el pasillo y cerró la puerta de golpe. Nicolás se quedó pasmado, sintiendo en las manos el contacto satinado del forro azul. Finalmente se echó a reír. Acababa de darse cuenta de que la bibliotecaria era una mujer excepcional. Y se fue corriendo por el pasillo con el corazón alegre.

—¿Qué me has traído hoy? —preguntó Virilo tan pronto como terminó de comerse el último albaricoque.

—No sé. Todavía no lo he visto.

Nicolás sacó el libro de la cartera, buscó el título en la primera página y lo leyó en voz alta.

— Se llama *La historia de Zico*.

—¿Quién es Zico?

—¿Cómo quieres que lo sepa?

Virilo tiró a la basura los titos(1) de la fruta y se acomodó en el taburete.

—Bueno... a ver si en esta historia pintamos algo los viejos.

—Me parece —apuntó Nicolás precavidamente—, me parece que Zico debe ser un niño.

—Pues si es así —rezongó Virilo—, no estoy dispuesto a esperar a que se haga viejo.

Zico, efectivamente, era un niño; y su historia comenzaba así:

«Esto era, una vez, un anciano carpintero, quien, sintiendo acercarse el final de su vida, hizo venir a su presencia a su único hijo y le habló de esta manera:

—Vitorio, hijo mío; ha llegado el momento en que debemos separarnos. No olvides nunca mis buenos consejos, y recuerda que si no te lego riquezas ni fortuna, te dejo, en cambio, el bien más preciado para el hombre: el digno oficio que aprendiste a mi lado

_____

(1) Semilla, hueso o pepita de fruta.

en la niñez, con el que ganarás tu pan honradamente.

Dichas estas palabras, el venerable anciano expiró.»

Nicolás hizo una pausa en este punto para que Virilo pudiera desahogarse a gusto. Virilo se desahogó.

—Habráse visto qué mala idea. Para una vez que sale un viejo lo matan a las primeras de cambio..

—No le ha matado nadie —corrigió Nicolás—. Se ha muerto él solo.

—Para el caso es lo mismo —Virilo apartó un poco el taburete y se volvió de espalda—. No le veo yo la gracia a esta historia.

—Espera un poco a ver —dijo Nicolás—; y continuó leyendo:

«Vitorio lloró piadosamente la muerte de su buen padre, proponiéndose imitar en todo su ejemplo a partir de aquel día; y tomando el martillo y la escuadra se encaminó hacia el pequeño taller donde trabajó sin descanso, a lo largo de los años, con tenacidad y

destreza. Pasado el tiempo, Vitorio contrajo matrimonio con una bella joven, y muy pronto su hogar se vio bendecido con la llegada de dos gemelos, un niño y una niña, a los que pusieron por nombre Zico y Rosetta, respectivamente.»

—Ya salieron los niños —gruñó Virilo.

Nicolás puso el dedo índice sobre el renglón que estaba leyendo para no perderse.

—Este cuento va muy deprisa —comentó—. Todavía estamos en la primera página y a Vitorio ya se le ha muerto el padre, ya se ha casado y ya ha tenido dos hijos.

—A saber dónde iremos a parar por ese atajo.

«La fama de la honradez de Vitorio y de su maestría en el oficio se había extendido por la comarca, llegando, incluso, a oídos del rey. Los hacendados y los ricos mercaderes visitaban...»

Nicolás volvió a poner el dedo en la línea y miró a Virilo.

—No sé lo que son hacendados.

—¿Quiénes van a ser? Los que tienen la hacienda, las tierras, el ganado...

—¡Ah!, ya.

«Los hacendados y los ricos mercaderes visitaban su taller con frecuencia, encargándole ora un escritorio, ora una mesa bellamente labrada, ora una vitrina cuya pureza de líneas causaba admiración. Vitorio trabajaba desde el alba hasta largo rato después de la puesta del sol, viéndose en la necesidad de ampliar su taller y contratar la ayuda de algunos empleados, para atender, así, las numerosas demandas de sus clientes. La prosperidad reinaba, pues, en su hogar. Sin embargo, Vitorio no era un hombre feliz. Su rostro presentaba, a menudo, una expresión de pesar, y una pena secreta parecía ensombrecer su vida.»

Nicolás se detuvo un instante. No estaba muy seguro de lo que significaba esa palabra: demandas. ¿Sería lo mismo que peticiones o encargos? Pero no quería pararse a preguntarlo, porque empezaba a sentir curiosidad por lo que le ocurría a Vitorio.

¿Por qué no era feliz?, ¿qué le pasaba?

«Zico, su hijo, acababa de cumplir doce años y estaba ya, por tanto, en la edad de aprender el oficio; pero el muchacho, en vez de seguir las sabias indicaciones del padre, se mostraba desobediente y díscolo, prefiriendo vagar de noche por los bosques de la comarca, sin temor al ataque de los lobos, ni de otras alimañas salvajes.»

—Yo tampoco tendría miedo de los lobos —pensó Nicolás.

—Eso habría que verlo —dijo Virilo al instante.

Nicolás le miró atónito. No era la primera vez que Virilo le adivinaba el pensamiento, porque Virilo no era un abuelo corriente y podía hacer cosas que no hacían los demás; pero, aun así, resultaba asombroso.

—En una ocasión me fue siguiendo un lobo desde el encinar hasta la puerta de casa —contó Virilo—. Él iba por el rastrojo y yo por la senda. A ratos lo tapaban los matorrales, pero yo sabía que él seguía allí, avanzando a la par que yo. Paraba yo un momento, y se paraba él. Reanudaba yo la marcha, y la reanudaba él.

Nicolás se olvidó por completo de *La historia de Zico*.

—¿Y qué hiciste?

—¿Qué había de hacer? Aguantar.

En el patio, una voz de mujer rompió a cantar una copla andaluza. Nicolás se levantó de un brinco y cerró la ventana para oír mejor a Virilo.

—Que el animal no olfateara el miedo, esa era la cuestión. De cuando en cuando yo le miraba de soslayo y él me miraba a mí. Pero yo, con la cabeza alta, sin avivar el paso; yo, a mi aire.

Nicolás abría los ojos de par en par y contenía el aliento.

—¿Te persiguió mucho tiempo?

—Ya te digo, desde el encinar al pueblo. Unos tres kilómetros serían.

—¿Y no tenías miedo?

—Miedo es poco. Me acuerdo que entré

en casa, estaba allí tu abuela tejiendo una rebeca, y tu madre, que entonces sería poco mayor que tú, ayudándole a devanar la madeja. Atranqué la puerta y no pude pronunciar palabra. Tu abuela me preguntaba: ¿qué te pasó que vienes tan descompuesto? Y yo sin decirle nada.

—¿Por qué?

—¿No te digo que no podía hablar? Hasta la mañana siguiente no recuperé la voz.

—¿Y eso por qué sería?

—Del susto sería.

Nicolás estaba admirado de que su abuelo fuera tan valiente y, a la vez, pasara tanto miedo. Pensó que él también habría pasado miedo; sin embargo, «Zico no temía al ataque de los lobos ni de otras alimañas salvajes». Zico debía tener muy poco sentido común. Claro que ya había cumplido doce años, y Nicolás todavía no tenía los nueve, le faltaban dieciocho días para su cumpleaños. Pero aún así, aunque ya tuviera doce años, ¿que estaría haciendo Zico vagando durante la noche por los espesos bosques de la comarca?

4

«Todas las tardes, tan pronto como oscurecía, y mientras sus compañeros de juego
se apresuraban a regresar al hogar, Zico
salía de su casa y permanecía fuera por espacio de un par de horas, causando a sus
padres una gran inquietud. Una noche es-
trellada de verano, hallándose ya los padres
retirados en su aposento, oyeron que el
muchacho abría cautelosamente la cancela
de atrás y abandonaba la casa como un
ladrón.

—No toleraré por más tiempo este extraño
comportamiento —dijo Vitorio a su bella esposa—; pues mucho me temo que Zico ande

metido en malos pasos de los que algún día tenga que lamentarse.

—Zico es un buen muchacho —respondió la mujer—. Aunque no he de negar que su actitud me tiene muy preocupada.

—Me pregunto si acudirá a reunirse con los cazadores furtivos que se amparan en la oscuridad de la noche para cometer sus fechorías —añadió Vitorio con expresión pensativa.

—¡Oh, no! —exclamó la mujer—. Zico teme tanto al ruido de los disparos como al fragor del trueno.

—Tal vez vaya a robar leña al bosque, como hacen otros muchachos, para venderla luego en el palacio, y obtener de ese modo algunas monedas.

—Si así fuera, yo le habría visto gastar esas monedas en adquirir dulces y golosinas.

—Pues bien —dijo Vitorio resueltamente—, esta misma noche saldremos de dudas.

Y, prendiendo un candil, salió, sin más tardanza, por la puerta de atrás. Tomó la dirección del bosque y se encaminó hacia el sen-

dero por donde unos minutos antes se había adentrado el muchacho.

Nicolás se interrumpió, porque notó claramente, incluso antes de levantar la mirada del libro, que Virilo no le estaba escuchando. Virilo, en efecto, se había puesto a llenar de agua una cacerola, sin importarle el ruido que hacían los grifos.

—¿No te está gustando?

—No. Ya me he cansado de que no salga ningún viejo.

—Vitorio es bastante viejo —dijo Nicolás conciliadoramente—. Lo menos tendrá cuarenta años.

Virilo se volvió hacia él con tanta brusquedad que se derramó el agua encima.

—¿Y eso te parece a ti que es ser viejo? —tenía una expresión desafiante y Nicolás no se atrevió a contestarle que sí—. A los cuarenta años me descolgaba yo por El Pico del Muerto más veloz que una cabra, y era capaz de robarle los huevos al águila en sus mismas narices. En su mismísimo pico, se entiende.

Agarró un trapo y se puso a secarse la pechera de la camisa con gestos malhumorados.

—Pues sí que...

Nicolás comprendió que no era el mejor momento para discutir el asunto. Buscó con la mirada el renglón perdido.

—¿Por dónde íbamos?

Virilo había cerrado el grifo y estaba colgando el trapo en el clavito de la pared; y a pesar de todo dijo hoscamente:

—Estábamos en que el padre se ponía en camino.

—Por donde unos minutos antes se había adentrado el muchacho—leyó Nicolás:

«La noche era de agosto, cuando los astros brillan en todo su esplendor y luminosas cometas cruzan el firmamento; pero Vitorio no reparaba en su belleza, sumido, como estaba, en hondas cavilaciones; y a medida que se aproximaba al bosque sentía crecer su inquietud. Se oyó en la lejanía el grito del chacal, y las siluetas

de los árboles aparecieron, oscilantes y negras ante sus ojos.

Vitorio experimentó, por un instante, la tentación de llamar a su hijo a grandes voces, pues el silencio del lugar era sobrecogedor y consideró, con espanto, los graves peligros que acechaban al imprudente chiquillo.

—Mas no haré tal —se dijo, recapacitando—. Es preferible que él no advierta mi presencia.

Y se puso a recorrer, penosamente, las engañosas direcciones del bosque. Durante largo rato no halló otra compañía que el eco de sus propias pisadas y el canto escondido del búho. De súbito, en un claro de la arboleda, descubrió a Zico. El muchacho no se percató de su llegada. Tenía el rostro levantado hacia el cielo, y una infinidad de estrellas se cernían sobre él.

—¿Qué es esto, hijo mío? —exclamó Vitorio sin poder contenerse por más tiempo—. ¿Qué vienes a hacer aquí a tales horas?

Zico se volvió hacia él como si despertara de un profundo sueño.

—Vengo a mirar el cielo —respondió

serenamente–. *Quiero aprenderme el nombre de cada estrella, distinguir unas constelaciones de otras y descubrir los secretos del universo.*

Estas palabras causaron un gran pesar al honrado carpintero, pues nunca había oído a nadie expresarse en semejantes términos. Persuadió al muchacho para que regresara con él, y, durante el camino, Zico le confió que llevaba ya un año dedicado al estudio del firmamento, y que poseía varios libros que reproducían ilustraciones de planetas y galaxias. Todo ello disgustó sobremanera a su buen padre.

—Un carpintero —dijo éste— no dispone de tiempo para contemplar las estrellas, pues debe trabajar a la luz del día y cuando oscurece ha de entregarse al descanso para reponer sus fuerzas.

—Por esa razón yo no seré carpintero —respondió el muchacho con firmeza—, si ello me va a impedir llevar a cabo mi trabajo.

Vitorio no era un hombre irascible, pero en esta ocasión...

Nicolás pasó la hoja del libro y miró a Virilo.

—¿Qué es irascible?

Virilo se había puesto a canturrear por lo bajo, se encogió de hombros y contestó de mala gana:

—Digo yo que será lo mismo que iracundo.

—¿Y qué es iracundo?

—Cuando te da el arrebato y te pones hecho un basilisco.

Otro día le preguntaré lo que es un basilisco —pensó Nicolás.

Y reanudó la lectura:

«... pero en esta ocasión hubo de hacer un gran esfuerzo para no dejarse llevar por la cólera. La luz del amanecer clareaba ya en el horizonte, y Vitorio condujo a Zico hasta el taller que él había ampliado con tanto esfuerzo, y donde los fieles empleados se disponían a iniciar una nueva jornada de trabajo.

—Heredé de mi padre un mísero taller —dijo Vitorio a su hijo—, y a costa de mi

sudor yo lo he convertido en el más impor-
tante de la comarca, con el fin de que algún
día fuera tuyo. Aprendí el oficio junto a mi
padre, y tú lo aprenderás junto a mí.

—Aprenderé el nombre de las estrellas
—replicó el obstinado muchacho—, y
descubriré los secretos del universo.

Viendo Vitorio que con buenas razones no
lograría hacerle mudar de opinión, mandó
que fuera encerrado durante tres días en la
leñera de la casa, sin más alimento que un
rebojo(1) de pan y un cuenco de agua...»

—¡A pan y agua! —se indignó Nicolás en
voz alta—. Mi padre no me hacía esas cosas.

—Ni tu abuelo —saltó Virilo, agitando la
mano como si estuviera dirigiendo una
orquesta—. Si hubiera tenido un abuelo las
cosas hubieran ido mejor para ese muchacho, pero quiá. Había que quitar de en
medio al anciano carpintero. ¿Y la bella
esposa? ¿Es que la bella esposa no tiene un

---

(1) Regojo o rebojo, trozo de pan que queda sobrante del
que se ha partido para comer. Mendrugo.

padre y una madre? Claro que los tiene, pero como son viejos no salen en el libro.

Pues, ¿sabes lo que te digo? —Virilo miraba a Nicolás sacudiendo la cabeza de arriba a abajo—. ¿Sabes lo que te digo? Que no quiero saber más de esa historia, y que me importa un pepino lo que le pase al chaval, ea.

—Pero, abuelo...

—Nada, hombre; que ya estoy harto de que me hagan de menos.

Nicolás estaba muy desconcertado por el arrebato de Virilo, y aunque no tenía ni idea de lo que era un basilisco, hubiera asegurado que Virilo se había puesto, justamente, hecho un basilisco. En ese momento oyó el ruido de la llave girando en la cerradura, y se sorprendió de que su madre volviera tan pronto esa tarde.

—¿Cómo vienes tan pronto?

—Tengo cosas que hacer.

Nicolasa dejó una bolsa de verduras sobre la mesa y miró a Virilo, que le había saludado secamente y con poca gana de conversación.

—¿Qué le pasa a usted?

—Se ha disgustado —dijo Nicolás.

Su madre le hizo señas de que saliera de la cocina, y el niño la siguió hasta la sala.

—Está nervioso porque esta tarde vamos al hospital —dijo ella en voz baja.

—¿Le van a operar ya?

—Seguramente mañana por la mañana.

Nicolás se lavó los dientes, preparó los libros del colegio y metió en la cartera *La historia de Zico*. Virilo permanecía sentado, con los codos apoyados en la mesa de la cocina.

—Entonces, ¿devuelvo el libro? —preguntó el niño desde la puerta.

—Por mí..., yo no pienso leerlo.

Nicolás se acercó a él y lo besó en la mejilla.

—A la abuela de Montse también le han operado de cataratas, y dice Montse que está como nueva.

Virilo masculló entre dientes cualquier cosa que no se entendió. Estaba inmóvil y rígido, como si temiera que al menor movimiento se le fuera a notar el miedo, o el cariño.

—¡No te olvides de traer la leche cuando vuelvas! —voceó la madre de Nicolás desde su dormitorio.

Nicolás ya estaba abriendo la puerta de la calle.

—No, mamá —contestó.

Le daba pena desprenderse del libro sin saber lo que había sido de Zico. Allí mismo, de pie, en la biblioteca, ojeó apresuradamente un par de páginas, y se enteró de que el niño se había dado por vencido, que estaba trabajando de aprendiz en el taller de su padre, desde el alba hasta la puesta de sol, y que tenía en los ojos como una nostalgia de estrellas.

—¿Quieres otro? —preguntó la bibliotecaria colocando en el estante el libro forrado de azul.

—Sí, pero que salgan viejos —precisó Nicolás—, es para que le guste a mi abuelo.

La bibliotecaria se le quedó mirando un momento y se notaba que había comprendido enseguida, que no necesitaba más explicaciones. Se fue derecha al panel del fondo, se subió en la escalerilla y alcanzó un libro de pastas brillantes, que tenía en la portada el dibujo de un hombre viejo y una niña cogidos de la mano.

—*El misterio del conde Ubaldo* —leyó Nicolás.

—Naturalmente, no pensarás llevártelo a casa —dijo la bibliotecaria—. Ya sabes que está prohibido.

Y esta vez Nicolás no esperó a que ella lo condujera, a empujones, hasta la puerta, sino que se apresuró a marcharse por su cuenta, apretando el libro contra el pecho.

—Está terminantemente prohibido —la oyó decir, todavía, desde el pasillo.

5

Desde que le operaron las cataratas, Virilo
ha recuperado su buen humor. Le encanta el
colorido de las calles, el brillo de los escapa-
rates, la luz de las plazas; tiene la sensación
de que el mundo estuviera recién estrenado,
y ya ni siquiera le molestan las últimas nieblas de primavera.

—¡Bah!, enseguida levanta.

Ha descubierto que el cielo de la ciudad
es azul y que casi siempre luce el sol, y es
capaz de avistar, desde el barrio, el nido de
la cigüeña en la torre de la catedral. Curiosa-
mente, se diría que no sólo le ha mejorado la
vista, sino también la voz; ahora discute más

alto con el pescadero; e incluso la puntería; ya ha quedado tres veces campeón a la petanca en un mes. Lo que no ha mejorado nada ha sido su disposición para arreglar los útiles que se estropean.

—¡Padre!, que se ha atrancado la persiana de mi dormitorio. Venga usted a echar una mirada, a ver lo que pasa.

Virilo se va a echar una mirada a la persiana, que se ha atrancado a mitad de camino, y ni sube ni baja; la empuja con las manos, tira de la correa y por más que la mira no pasa nada. La persiana sigue sin subir ni bajar.

—¿Así es cómo va a repararla? Necesitará un destornillador.

—Si es que no entiendo yo estos aparatos...

A regañadientes, afloja un clavo, forcejea otra vez con la correa. La persiana se cierra estrepitosamente, y la habitación de Nicolasa se queda a oscuras.

—Pues la ha hecho usted buena.

—No te apures, mujer. Ya avisaré mañana a un carpintero.

Nicolasa se enfada un poco, porque

todavía se acuerda del último desastre, cuando Virilo se puso a cambiar la bombilla del cuarto de baño, que se había fundido, y se fundieron todas las demás, a causa de una misteriosa avería que el electricista tardó tres días en localizar. Nicolasa estaba perpleja.

—Pues si no había más que cambiar la bombilla...

Tres días en que se alumbraron con velas y linternas, y las paredes de la casa se poblaron de silenciosos visitantes. Virilo le contó a Nicolás que allá, en su tierra, por detrás del Pico del Muerto, aún había pueblos pequeños que no disponían de agua corriente, ni de electricidad en sus viviendas. Nicolás no lo comprendía del todo.

—O sea, ¿que abres el grifo y no sale agua?

—¿Qué grifo van a abrir si no hay grifos?

—¿Y encienden la tele y no funciona?

—¿Cómo van a encender la tele, con candil? mira que eres zoquete.

Nicolás se enfurruñó. No era culpa suya si no lo entendía. Es que Virilo, explicaba mal las cosas, decía palabras desconocidas y hablaba de utensilios que ya no usaba nadie, como el candil.

Decidieron vivir durante tres días igual que los habitantes de aquellos pueblos remotos que había detrás del Pico del Muerto, sin servirse tampoco del agua, ya que les faltaba la luz eléctrica; y, para beber, bajaron a llenar un botijo en la fuente de la plazuela.

—Es que está más fresquita —le explicaron a Nicolasa.

En cuanto volvió la luz y desaparecieron los callados moradores de las paredes, Nicolasa descubrió, con sólo mirarlos, que llevaban tres días sin lavarse, como si en la casa no hubiera agua corriente; y les obligó a darse una ducha más que de prisa.

—Parecéis sombras chinescas.

Cosas como ésta suceden cada vez que Virilo se mete a reparar algo y, por menos de nada, organiza un lío con las cuerdas del tendedero, termina de estropear el picaporte de la sala, y luego se marcha, tranquilamente, a pasear por los pinares que están en la otra punta de la ciudad.

—¿A qué tiene que marcharse tan lejos? —protesta la Nicolasa— ¿No hay un pino aquí mismo, en la plazuela? Y bien hermoso que es.

—No es lo mismo.

Lo que le gusta a Virilo es caminar durante largo rato, y sentir el olor de la resina, y el suelo espinoso y crujiente bajo sus pies, y el silencio traspasado de sonidos que son como cantares. Algunos días roba una piña para traérsela a Nicolás; la meten en el horno, y la piña se abre dejando salir los piñones. Nicolás se los come mirando el programa de la televisión; se los comen entre él y su madre, porque Virilo, en cuanto empieza la película, va bajando la cabeza poco a poco hasta que se queda dormido. No encuentra la gracia a la televisión.

—Donde estén los libros...

Esta semana está muy entretenido con *La isla del tesoro*. No ha vuelto a acordarse de Zico para nada ni le preocupa la suerte que haya podido correr; en cambio, Nicolás se acuerda algunas veces, sobre todo cuando la gente le pregunta lo que va a ser de mayor. Nicolás no tiene ni idea de lo que va a ser de mayor, pero contesta, sin vacilar, que astrónomo o cosmonauta; ni él mismo sabe por qué; quizá porque le da rabia que a Zico no le dejaran serlo. El padre de Nicolás era albañil, y en la sala hay una fotografía donde se le ve subido en el andamio con otro compañero. Están cogidos por el hombro, y apenas se les distingue la cara. Sin embargo, la madre de Nicolás no quiere que

él sea albañil. Dice que no le está dando estudios para eso.

—Tu padre quería que tú tuvieras estudios, y que te labraras un porvenir como es debido.

Parece que para labrarse un porvenir como es debido hay que montar menos en la bicicleta de Cipriá, y no usar tanto los patines de Montse, ni perder el tiempo contemplando las orugas de Carmiña. Qué se le va a hacer. Y además hay que apagar la televisión.

—¿No me oyes, Nicolás? ¡Que apagues la tele y te pongas a estudiar!

—Un momento, ¡que ya van a aterrizar los astronautas!

Virilo levanta los párpados como dos diminutas persianas. En la pantalla, tres naves espaciales, con forma de cohete, surcan el espacio más veloces que la luz.

—¡Concho! ¿Por dónde van esos?

—Por la atmósfera. Van a alunizar en la luna.

—Pues ya han corrido —se admira Virilo; y

añade inesperadamente: —Igual va Zico en uno de esos aparatos.

—No —responde Nicolás.

Es la primera vez que Virilo ha hecho una alusión al cuento interrumpido.

—Anda, ¿y por qué no?

—Se quedó trabajando en el taller de su padre. Lo decía el libro.

Las naves se están acercando al satélite y, a pesar de que una de ellas sufre serias dificultades para alunizar, Virilo no la presta atención.

—Así que leíste el libro... .

—Sólo una página. No me dio tiempo a más.

—No comprendo lo que está ocurriendo —dice el piloto en primer plano, con la voz muy alterada— ¡Los mandos no obedecen!

Entonces empieza la publicidad, y Nicolás tendrá que aguardar a mañana para ver cómo sale de ésta el valiente astronauta; así que apaga el televisor y va poniendo sus libros y cuadernos sobre la mesa de la sala, con un aire distraído, como pensando en otra cosa.

—¿Sabes tú lo que hay después del cielo? —pregunta a Virilo.

—¿Después del cielo?

—Cuando se acaba; ¿qué hay?

—Qué sé yo. Habrá un pozo.

—¿Y después del pozo?

Cualquiera sabe. Nicolás se queda pensativo, navegando interminablemente por un universo infinito. Piensa tanto que se marea y tiene que dejar de pensar.

—Eso es lo que quería descubrir Zico —dice.

6

Virilo no trae solamente piñas a casa.
Algunas tardes se presenta con hierbas olo-
rosas que, según él, remedian cólicos, indi-
gestiones y la falta de apetito. Como en la
casa todos disfrutan del hambre necesaria a
la hora de comer, las hierbas se van secando
por los rincones expandiendo un aroma de
bosque; también trae piedras de formas
insólitas, llaves herrumbrosas que olvidaron
el camino de sus cerraduras, relojes sin
manecillas, y hasta una perdiz que, dice,
andaba perdida por los caminos del pinar.
La perdiz se escapa de la caja de cartón, se
esconde por las habitaciones y da mucho

que hacer; pero Virilo y Nicolás están tan entretenidos con ella.

—¿Y el carpintero? —interviene Nicolasa— ¿No te dije que avisaras a un carpintero para que me arregle la persiana?

—Hay tiempo, mujer. Ahora me llego yo con el chico.

La carpintería de la calle, la que está nada más pasar el cine, tiene en la puerta un letrero que dice: «He ido a un recado. Enseguida vuelvo». Nicolás y Virilo se lo creen y esperan un buen rato, mirando los carteles de la película; pero el carpintero no vuelve.

—¿Dónde habrá ido a hacer el recado?

Matías, el pescadero, ya está recogiendo la mercancía del escaparate, para guardarla en el frigorífico hasta el día siguiente. Les saluda desde la puerta mientras se limpia las manos con el mandil verde.

—¿Qué?, ¿de paseo?

—Aquí, aguardando al carpintero; pero parece que tarda.

—Ese ya no vuelve, hombre. Ese se pone a jugar la partida y ya no se acuerda del negocio.

Así nunca ampliará sus talleres como Vitorio —piensa Nicolás—, ni los hacendados del lugar, ni los ricos mercaderes le encargarán ora un escritorio, ora una mesa bellamente labrada.

Siguiendo las indicaciones de Matías, Nicolás y Virilo se marchan a buscar otro taller cuatro calles más arriba, entrando por la primera de la izquierda, donde el semáforo.

—Que tenemos que comprar la comida para la perdiz.

—A la vuelta hay tiempo.

Las acacias de las aceras tienen flores blancas, y ya están criando las golondrinas que vinieron del sur. Hay muchos niños jugando en la plazuela.

—Mira, ahí está el taller.

El local es pequeño, la puerta está abierta y hay que bajar dos escalones; pero Virilo se detiene a la entrada con un gesto de sorpresa. Guiña un poco los ojos para asegurarse de lo que está viendo, y le da un codazo a Nicolás.

—¿Te has fijado?

—¿En qué?

—En el chaval ese.

Un niño de unos doce años está cepillando afanosamente una tabla, tan concentrado en su tarea que no repara en ellos. El suelo está cubierto de virutas y serrín.

—Éste va a ser el del cuento.

—¿Zico?

—Así se llamaba, ¿no?

Nicolás piensa que Virilo se está haciendo un lío al suponer que los personajes de los cuentos andan por las calles, como las personas corrientes, y que es posible encontrarse con ellos en cualquier esquina. Intenta aclararle las ideas.

—Que no, abuelo, que eso pasaba en el libro.

Pero Virilo no se atiene a las ideas, sino a lo que tiene delante de los ojos.

—Te digo que es el mismo —insiste—. No representa más de doce años; y date cuenta de lo flaco que está. ¿No ves que se ha pasado tres días a pan y agua?

Es verdad. El chico es menudo y delgadillo; en cambio, tiene unos ojos enormes, como si se le hubieran dado de sí de tanto mirar al cielo. Nicolás, sin embargo, no las tiene todas consigo.

—No es éste, abuelo.

—Eso está por ver.

De pronto, cruza entre ellos, precipitadamente, una señora muy acalorada, con una maceta en brazos. Asoma la cara por detrás de un ficus gigantesco, dirigiéndose al muchacho.

—Ciriaco, hijo, ¿no habrá ido tu padre a llevarme el armario?

El chico levanta un momento la mirada hacia ella.

—Hace rato que salió para allá.

—¡Vaya por Dios! Me voy corriendo a ver si le alcanzo.

Se va corriendo con su ficus, y los transeúntes tienen que apartarse para dejarle pasar. Nicolás le dice a Virilo en voz baja pero cargada con todo el peso de la evidencia.

—¿Lo ves? Este se llama Ciriaco.

—Naturalmente. No querrás que figure en el libro con su verdadero nombre.

—¿Por qué no?

—Los nombres vulgares no sirven para eso. ¿Dónde has visto tú que el protagonista de un relato se llame Virilo o Nicolás? Los cambian por otros más bonitos. Además, —Virilo se pega a la pared para ceder el paso a una pareja de novios—, además, ¿a que no has reparado en el detalle? Fíjate cómo se llama: Ciriaco. Comprimes el nombre como un acordeón, ¿y qué te queda?

—¿Qué me queda?

Nicolás le mira absorto y desorientado. Virilo separa las manos y luego las va acercando lentamente como si se cerrara un acordeón.

—Cico. Eso es lo que te queda. El principio y el final.

Es admirable lo inteligente que es Virilo. Nicolás jamás se hubiera dado cuenta de ese detalle. Observa al muchacho discretamente.

—¿Y qué vamos a hacer?

—Arreglar el asunto. No me quedé yo conforme con el final de la historia.

—No era el final. Tú no me dejaste terminarla.

—Es lo mismo. Esto lo termino yo a mi manera.

—El muchacho sigue deslizando el cepillo adelante y atrás, bien ajeno a que su suerte va a decidirse de un momento a otro. Nicolás se pregunta lo que estará planeando Virilo cuando el padre de Ciriaco irrumpe, alegremente, en el taller. Su aspecto no concuerda con la idea que se había hecho Nicolás. Él se había imaginado a Vitorio alto y fornido, con los musculosos brazos al aire, un cuello poderoso y un rostro grave capaz de imponer respeto a los demás. Este hombre es bajito y vivaz, lleva un jersey, cerrado hasta el cuello, que le está demasiado grande, y les saluda con una sonrisa cordial, al tiempo que toma un martillo de la repisa.

—¿Qué hay?

—Pues, la persiana —se apresura a intervenir Nicolás—, que se ha roto.

Pero Virilo se ha plantado ya en medio del taller, con amplios ademanes de comediante que dejan pasmado a Nicolás. Extiende los

brazos, agita la cabeza, se lleva una mano a la frente como si estuviera abrumado por un gran dolor.

—¡Pobre muchacho! —se lamenta—. ¡Pobre muchacho! Se le parte a uno el corazón viendo a esta infeliz criatura soportar en silencio su infortunio, sin una queja, sin una sola lágrima.

Es como estar en el teatro. Al oírle, uno se siente contagiado de su tristeza y padece por el infortunado muchacho. Ciriaco y su padre miran desconcertados en su torno, buscando a la infeliz criatura. Como no encuentran ninguna otra, se dirigen a Nicolás llenos de solicitud.

—¿Qué te pasa?

—¿Qué te sucede?

—¿A mí? —balbucea Nicolás retrocediendo.

Virilo le toma por el hombro y se enfrenta acusadoramente al carpintero.

—A éste no le pasa nada. Es al suyo. Su hijo es el que da compasión.

El padre de Ciriaco se vuelve rápidamente hacia su hijo. Lo examina. Observa con inquietud su cara, sus manos, su cuerpo. Le atrae hacia sí.

—¿Qué ocurre? ¿Te has cortado con la sierra?

—¿Yo?, yo no me he cortado.

—¿Te has hecho daño con el escoplo?

—Yo no —asegura Ciriaco abriendo los brazos para que se vea bien que él no ha sufrido ningún desperfecto. Su padre empieza a ponerse de mal humor.

—Entonces, ¿de qué rayos te quejas?

Ciriaco no sale de su estupor.

—¿Me he quejado yo?

Y es como si hubiera dicho la frase adecuada para que Virilo pueda darle la réplica y continuar su representación.

—¿De qué le serviría? —clama apesadumbrado—. Ni sus ayes ni sus lamentos han logrado evitar su desgracia.

El padre de Ciriaco enarbola el martillo con firmeza. Se diría que su espalda se ha ensanchado y que sus hombros se han vuelto tan poderosos como los de Vitorio. Da la sensación de que se le ha agotado la paciencia.

—Oiga, pero ¿de qué desgracia está usted hablando?

—¿Le parece poco? Retener a este ángel de Dios aquí encerrado, cuando su sueño era volar hacia las estrellas.

—¿Volar?

De pronto, la espalda del carpintero ha recuperado su tamaño normal, y vuelve a ser un hombre bajito y confundido. Mira a su hijo, interrogante. Ciriaco se encoge de hombros con extrañeza.

—No sé lo que dice.

—Nunca mencionaste que desearas ser aviador.

—Astrónomo —puntualiza Virilo—. No compliquemos más el asunto. Lo que el chico pretende es saber hacia dónde cae Marte, más o menos, averiguar el tiempo que lleva alumbrando la estrella Polar y otros pormenores semejantes.

—Y saber lo que hay cuando se termina el cielo —concluye Nicolás.

—¿Cuándo se termina el cielo? —Ciriaco está boquiabierto—. ¡Menudo acertijo! No quisiera tener que hacer esa clase de trabajo.

Virilo suspende en el aire una mano que vagaba de acá para allá recorriendo los caminos del firmamento. Ha dejado de ser aquel viejo cómico que vio un día, de chico, actuando en la plaza de su pueblo, y ha recuperado la actitud del Virilo de siempre.

—¿Cómo que no?

—Como que no —dice Ciriaco rotundamente—. Porque ese trabajo no se acaba nunca. Tienes que pasarte la vida investigando. Y, sobre todo, que no se puede tocar con las manos.

Toma una silla a la que falta el asiento, la pone frente a él y, mientras habla, va acariciando las patas y el respaldo, percibiendo en la piel el tacto conocido y cálido de la madera.

—Me gusta mi trabajo —dice—. Te pones a hacer una silla por la mañana y por la tarde ya está acabada. Puedes verla y la puedes tocar; y hasta te puedes sentar, si se te antoja.

A palabras tan atinadas no hay más comentarios que hacer. Es evidente que se han equivocado, y que este Ciriaco no es el

Zico de la historia; pero a Virilo le cuesta mucho admitirlo y aún se encara con el carpintero.

—¿Se da usted cuenta? No hay nada peor que torcer la vocación a un chico.

—¡Bah! —exclama Ciriaco—, peor es que se tuerza una pata.

Y no se sabe si se refiere a la silla o a él mismo; su padre, por su parte, no ha conseguido enterarse de nada.

—Pero vamos a ver; que yo me entere. ¿A qué cuento viene esto?

Viene a cuento de Zico —empieza a explicarle Nicolás—. El padre de Zico también es carpintero, y el abuelo; pero Zico no quiere ser carpintero y le tienen tres días encerrado en la leñera a pan y agua.

—Un momento —Virilo levanta una mano imponiendo silencio; luego se acerca al padre de Ciriaco con una mirada escrutadora, como si fuera a decir algo de gran trascendencia—. ¿Cómo se llama usted?

—Casimiro Fuentes. ¿Por qué?

—Haberlo dicho, hombre. Nos hemos equivocado de persona.

Se da la vuelta resueltamente. Toma a Nicolás de la mano y se lo lleva hacia la salida. Allí se detiene unos instantes, sonriendo con amabilidad al perplejo Casimiro Fuentes.

—Usted disculpe —dice.

—¿Y mi persiana? —pregunta Nicolasa tan pronto como les abre la puerta—. ¿Qué pasa con mi persiana?

7

En todo el mes no han vuelto a hablar de Zico. Bien es cierto que han tenido otras cosas en que pensar. La noche del último martes Virilo se presentó en casa con dos patos, un bolígrafo sin tinta, un collar de cuentas de vidrio de siete colores, y una linterna que funciona sólo cuando ella quiere. Respecto a los patos dio la explicación de siempre.

—Andaban perdidos por el pinar.

Nicolasa se enfadó.

—Vamos, padre, no me venga con cuentos. ¿Cómo iba a encontrarlos en el pinar si no hay una gota de agua allí?

—¿No te estoy diciendo que se habían perdido?

Nicolasa le dejó por imposible y se fue a preparar la cena. Lo que le molesta es que

Virilo se traiga tantas cosas raras a casa, tras-
tos, como ella dice; cajitas, rodamientos y
algún que otro objeto sin identificar.

—Esto parece el embellecedor de la rueda
de un coche.

—A mí me parece una tapadera.

—Un basurero, eso es lo que parece este
cuarto.

En cambio, la situación de Nicolás ha
mejorado mucho gracias a las propiedades
de Virilo. Ha dejado de ser el pedigüeño de
la clase; y cuando sus amigos vienen a su
casa se quedan maravillados a la vista de
tales tesoros.

—¡Ahí va, qué caja! Te la cambio por una
oruga.

—Si me dejas dar un paseo en almadreñas
te presto la bici.

—¿No querías mi lupa?, anda, quédate con
ella hasta el domingo y dame un frasquito de
esos; el verde.

—¡Jo! —comenta Montse, abrumada—. Y
decías que eras pobre...

Hay una niña nueva, que llegó a la escuela
a final de curso, poco antes de las vacaciones

de verano, y parece bastante torpe. Aunque es mayor que Nicolás, casi nunca se sabe las lecciones y confunde Islandia con Finlandia. Si le preguntan quién era el Cid Campeador se pone colorada y no responde. La niña nueva, que se llama Rosetta, está haciendo girar los rodamientos, frotándolos con la palma de la mano. Las bolas toman impulso y giran velozmente.

—Con esto nos podíamos hacer una goitibera(1), ¿verdad, Aitor?

—Sí, pero no tenemos tabla.

—Buscamos una.

Rosetta ha encontrado una tabla muy apropiada, Dios sabe dónde. Con el cuchillo de monte que Virilo regaló a Nicolás termina de suavizar los bordes; se sirve de puntas y martillo para colocar los rodamientos, y el vehículo se desliza limpiamente por la calle abajo. Se montan por turno, de dos en dos; y al final de la cuesta frenan con las manos y con los pies.

—¡Estos chicos se van a matar! —vocea,

_____
(1) Patinete.

muy alarmada, una señora que sale de la panadería.

—Qué se van a matar —replica el portero del cine—. Estos tienen siete vidas, como los gatos.

· Pero también los gatos se lastimarían las patas si se cayeran de una tabla rodante, y Rosetta está estudiando un sistema para poner un freno.

—¿Y un volante? —sugiere Cipriá—. ¿No sabes hacer volantes?

—Podíamos poner almohadas en la calle —apunta Carmiña, frotándose la parte dolorida—, así caeríamos en blando.

Como está empezando a oscurecer, deciden dejar los proyectos para el día siguiente. Rosetta vive bastante lejos y tiene que coger el autobús. Le acompañan hasta la parada, y la ven subirse echando hacia atrás su pelo dorado con un movimiento breve de cabeza.

—No sabrá nada de geografía —comenta Aitor con admiración—, pero hay que ver lo lista que es.

Nicolás no sólo está de acuerdo, sino que además opina, secretamente, que Rosetta es

la chica más guapa de la escuela. Esta tarde le ha oído reírse por primera vez a carcajadas, cuando se cayeron Carmiña y Aitor; y su risa le ha gustado tanto como un refresco de naranja con burbujas.

Mientras sube las escaleras, Nicolás va pensando en ayudarle a hacer los ejercicios de matemáticas el próximo curso para que no le vuelvan a poner un cero. Aprovechando que su madre está muy ocupada tendiendo la ropa, esconde la goitibera debajo de la cama de Virilo. Es muy raro que Virilo no haya regresado a estas horas.

—¡Nicolás!, ve poniendo la mesa, hijo, que ya estará al llegar el abuelo.

Nicolás va poniendo la mesa, y su madre empieza a freír los bacaladitos rebozados en harina. Chisporrotea el aceite y el humo les raspa las gargantas.

—A ver lo que nos trae hoy —dice Nicolasa pensando en Virilo. Por el patio se oye cantar a la andaluza del tercero. Nicolás mira el reloj. Aunque todavía queda un rastro de luz, porque los días son largos, ya son cerca de las diez y media. Su madre apaga el fuego y vierte el aceite hirviendo en la aceitera.

—Sí que se retrasa.

Los bacaladitos se enfrían sobre la mesa. Se encienden las luces en las ventanas del patio, y la andaluza manda acostarse a sus niños.

—Anda, hijo, empieza a comer.

Pero ninguno de los dos tiene gana de cenar. Nicolás va esparciendo las espinas por el plato. Se oye, en sordina, la música de una radio. Nicolasa vuelve a mirar el reloj.

—¡Ay Dios! ¿Le habrá pasado algo a este hombre?

—Estará hablando con Matías —dice Nicolás.

Lo dice para espantar su propio miedo, el miedo de que Virilo se haya perdido por los pinares como los patos y la perdiz, y que no vuelva nunca.

—¡Ahí está!

Aún se oyen las pisadas de Virilo en el portal, todavía no ha empezado a subir las escaleras, cuando Nicolás ya ha abierto la puerta y Nicolasa ha salido al rellano con el tenedor en la mano.

—Vamos, que ya era hora.

—Me he entretenido un poco, mujer.

Nicolás no le regaña. Lo que hace es mirarlo detenidamente; contemplar su pelo blanco cortado al cepillo, las mejillas escuetas, sus ojos curiosos, y esas manos que acumulan tesoros y no saben arreglar los enchufes. Ahora se da cuenta de que se ha preocupado inútilmente. ¿Cómo no se le ha ocurrido antes? Si Virilo se hubiera perdido en el pinar, no hubiera tardado nada en encontrarse a sí mismo y traerse a casa, igual que hizo con los patos y con la perdiz. Parte un trozo de pan y se pone a comer con gana. Virilo, al sentarse a la mesa, hace como que se agacha a coger algo, y le susurra entre dientes.

—Tengo que contarte una cosa.

—¿Qué cosa?

Nicolasa vuelve la cabeza hacia ellos y Virilo se hace el distraído; para disimular, comenta lo rico que está el pescado, y Nicolasa le sirve medio vaso de vino.

—¿A que no ha dado aviso al carpintero?

—A que sí.

—Vaya, menos mal.

—Precisamente venía pensando en eso. Como mañana es sábado y haces tú la compra, el chico y yo nos podemos ir a buscar al carpintero.

—Pero bueno, ¿no acaba de decirme que ya le ha avisado usted?

—Que ya tengo las señas, mujer —rectifica Virilo pacientemente.

Quien de verdad tiene mucha paciencia es Nicolasa; y muchas ganas de conversación esta noche. Nicolás no encuentra el momento de quedarse a solas con Virilo y conocer la misteriosa noticia. Ha de esperar a que todos se hayan acostado para asomarse, sigilosamente, a su dormitorio.

—¿Qué era eso que me tenías que decir?

Virilo está limpiando la caja de la perdiz y poniendo la suciedad en otro sitio. Cuando se vuelve hacia la puerta tropieza con un montón de chirimbolos. Aparta con el pie un yo-yo que va a parar, rodando, bajo la cama. Se lleva un dedo a los labios indicando silencio.

—He encontrado a Zico —dice en voz baja.

8

La mañana de agosto es muy calurosa y
Virilo y Nicolás han andado mucho. Han
atravesado el parque donde hay pavos reales, estanques con cisnes y cascadas de agua,
entre las rocas, que se iluminan de noche. A
Nicolás le aprietan las sandalias.

—¿Estás seguro de que es Zico?

—Aguarda y verás.

Cruzan la puerta de hierro, pasan por
delante de un cuartel, y salen a la calle ancha
que lleva a los pinares.

—Las cosas de los cuentos no pasan aquí,
abuelo. Pasan en países lejanos, como Italia.

¿No ves que Zico es un nombre italiano?, y Vitorio también.

Caminan un trecho y giran a la izquierda. Se meten por una calle angosta que Nicolás no ha visto nunca. Virilo le señala el rótulo de la pared.

—¿Qué pone ahí?

Nicolás mira el rótulo azul con letras blancas; apenas puede creerse lo que está leyendo.

—Calle Italia.

—Eso fue lo que me dijeron —afirma Virilo.

Y de pronto, Nicolás tiene la sensación de que todo puede suceder, los acontecimientos más increíbles, cualquier aventura que uno haya soñado. Encontrar un taller de carpintería en la esquina de la manzana, nada más pasar la tienda de electrodomésticos, y un niño de doce años, espigado y triste, encolando la pata de una mesa. Nicolás le reconoce en cuanto le ve, como si llevara su retrato en la imaginación. Le llama, suavemente, desde el umbral.

—¿Zico...?

El niño levanta un momento la cara hacia ellos; el tiempo suficiente para pringarse los dedos con la cola y ensuciar el brillante barniz de la mesa.

—¡Ay, lo que he hecho! —exclama consternado—. Bueno se va a poner mi padre.

—Límpialo con disolvente —sugiere Virilo—. ¿No tienes disolvente a mano?

El muchacho lo busca entre las herramientas, con un aire atolondrado. Sin darse cuenta, empuja con el codo un bote de barniz que se queda haciendo equilibrios en el borde de la mesa.

—No sé donde lo he puesto.

—Pues ráspalo. ¿No tienes algo para raspar?

Nicolás sujeta el bote de barniz y lo deposita en un sitio seguro.

—Tú no te metas, abuelo, que es peor.

—Algo habrá que hacer, digo yo.

El niño triste es de la misma opinión. Entre los dos se ponen a raspar la cola, laboriosamente, con un formón; hacen saltar el barniz, rayan la madera y el remedio es mucho peor que el daño. Virilo contempla el destrozo con gesto de resignación.

—Pues sí que lo hemos arreglado...

Nicolás no se calla.

—¿Lo ves? Ya te lo decía yo, que no te metieras.

—Ayer estropeé una librería —se lamenta el chico, abatido— y ahora esto.

—Y con el genio que tiene tu padre.

«Vitorio no era un hombre irascible, pero, en esta ocasión, hubo de hacer un gran esfuerzo para no dejarse llevar por la cólera.»

—¿Conoce usted a mi padre?

—Y a tu abuelo. Le conocí en su lecho de muerte. Él también era carpintero.

—Ya lo sé. Por eso mi padre quiere que yo aprenda el oficio, igual que ellos. Hace una semana...

Zico se interrumpe, se acerca a la puerta y echa un vistazo a la calle, para cerciorarse de que nadie más puede escucharle. Luego se sienta en la mesa, con las piernas colgando; se le ve deseoso de contar sus penas a alguien.

—Hace una semana me pilló en el pinar, mirando una cápsula espacial. ¿Y saben lo que hizo? Me tuvo tres días encerrado a pan y agua.

¿Hace una semana? Nicolás siente un escalofrío. No es posible. Todo esto sucedió hace mucho tiempo.

Zico se queda pensativo, echando las cuentas con los dedos.

—Fue el domingo —se asegura—. Y hoy estamos a sábado.

«La noche era de agosto, cuando los astros brillan en todo su esplendor y luminosos cometas cruzan el firmamento.»

Nicolás no pide más explicaciones. Comprende que los misterios son inexplicables y en eso reside su belleza. De una manera misteriosa, Nicolás se ha metido en las páginas del cuento, o el cuento se ha salido de las páginas. Y sabe que hay ocasiones como ésta en que todo es posible. Sobre todo cuando Virilo se empeña.

—Lunes, martes y miércoles encerrado en la leñera —enumera Zico—. ¿A que no saben por qué?

Virilo va a contestar, pero mira a Nicolás y le cede el turno para que se luzca.

—Porque a ti lo que te gusta es ser astrónomo.

—Y cosmonauta —puntualiza Zico; se queda mirando a Nicolás extrañado—. Y tú, ¿por qué lo sabes?

—Venía en el libro.

Pero Zico no le escucha. Repentinamente la luz del taller se ensombrece como si una nube hubiera tapado el sol. En la entrada, cubriendo casi todo el hueco con su figura, hay un hombre cargado con una escalera. Es alto y fornido. Tiene los musculosos brazos al aire, un cuello poderoso y un rostro grave que impone respeto.

—Aquí llega el honrado carpintero —dice Virilo.

Y Zico se apresura a tapar la herida de la mesa, cruzando las manos sobre ella como una estrella de cuatro puntas.

Vitorio les da los buenos días y va a dejar la escalera junto a la pared del fondo; enseguida toma un pesado listón, lo coloca sobre el banco y lo sujeta con la prensa.

—¿Qué deseaban ustedes? —les pregunta.

—Estábamos viendo trabajar al chico —contesta Virilo—. Y no parece que se le dé bien el oficio.

—Para eso está aquí; para aprenderlo.

Vitorio habla en tono seco, como si no quisiera gastar más palabras de las necesarias. Coge un metro, consulta las medidas anotadas en un plano y las va marcando en el listón con el gramil.

—No aprenderá nunca —sentencia Virilo—. Se da muy mala maña.

Los niños le escuchan confundidos; sobre todo Zico, que está viendo venir la tormenta. Nicolás, en cambio, ya empieza a sospechar que si Virilo echa más leña al fuego por algo será.

—Esto es como sembrar garbanzos en un arrozal.

—¿Cómo dice usted?

—Que al final no salen ni arroz ni garbanzos.

Nicolás reflexiona sobre el significado de esas palabras.

Debe ser que Zico es como un arrozal

donde crecen estrellas, y por más que su padre se empeñe en sembrar garbanzos, no van a salir mesas ni taburetes. Debe ser algo así.

—Mire usted.

Virilo aparta a Zico sin contemplaciones, obligándole a retirar las manos-tapadera de la superficie dañada. Zico le mira con rabia.

—Vea usted el destrozo que ha hecho en esta preciosidad de mueble.

Todas las miradas se dirigen al mueble, menos la de Zico, que no se aparta de Virilo y está ardiendo de indignación.

—También ha sido culpa suya.

Virilo no le hace caso. Palmea, compasivamente, la espalda de Vitorio, como si sintiera mucha lástima por él.

—Con un ayudante como éste se queda usted sin clientela en cuatro días.

Por fin Vitorio se desentiende del plano y del gramil y abandona el metro en cualquier parte. Levanta una mano desalentada.

—Ya no sé qué hacer con este chico.

—Quíteselo de encima cuanto antes —le

aconseja Virilo al punto—. Y cómprele un periscopio.

Esto ya es demasiado. Zico no sabe qué cara poner. ¿Para qué quiere él un periscopio?

—Telescopio, abuelo —apunta Nicolás.

—Eso. Cómprele un telescopio y envíelo a la escuela a aprender astronomía.

En un instante, Zico adivina con exactitud la cara que debe poner. Se le iluminan los ojos y le crece una sonrisa blanca como un cuarto de luna.

—También tengo que aprender matemáticas y física.

—Matemáticas y física —rumia Vitorio—. Se le ha metido en la cabeza que quiere ser astronauta —le explica a Virilo, para que Virilo se haga cargo de lo loco que está Zico y de lo que tienen que aguantar los padres.

—No se puede negar que el chico tiene altas aspiraciones.

—Pero, ¿y yo? —protesta Vitorio—, ¿qué hago yo con mi negocio, eh? —se detiene un momento mirando con pesadumbre a su alrededor—. Mi padre me dejó este taller y he trabajado aquí toda mi vida; tenía la ilusión de que mi hijo continuara mi labor.

Virilo vuelve a ponerle la mano sobre el hombro, amistosamente.

—Otro la continuará.

—¿Quién? No me queda más que una hija, Rosetta.

¡Rosetta! Nicolás ha de apoyarse en el banco para no caerse sentado de la impresión. «Pasando el tiempo, Vitorio contrajo matrimonio con una bella joven, y muy pronto su hogar se vio bendecido con la llegada de dos gemelos, un niño y una niña, a los que pusieron por nombre Zico y Rosetta, respectivamente.»

Se habían olvidado de Rosetta, porque no había vuelto a aparecer en la historia. Pero existía. Y Nicolás está seguro, completamente seguro, de que Rosetta tiene un pelo largo y dorado que suele retirarse de la cara con un movimiento vivaz, y de que confunde Islandia con Finlandia, pero, en cambio, sabe construir goitiberas mejor que nadie.

—¿Y qué pinta una niña en una carpintería? —está diciendo Vitorio—. Esto es trabajo de hombres.

—Nunca se sabe —responde Virilo—. Mi difunta mujer, Magdalena, acarreaba piedras como si fueran flores, y puesta a tirar del arado dejaba al mulo en entredicho.

Nicolás no se sorprende demasiado cuando la puerta de la calle se entreabre levemente. Cosas como ésta, que llegue la persona indicada en el momento oportuno, son las que ocurren en los cuentos. La carita graciosa de Rosetta asoma, indecisa, desde el exterior.

—Papá, ¿puedo entrar?

—Entra —contesta Vitorio sin prestarle atención.

Y sigue contándole a Virilo cuánto ha trabajado para sacar adelante a su familia, para ampliar el negocio y complacer a sus numerosos clientes.

—Que son muy exigentes, mucho.

Rosetta se sorprende un poco al encontrar allí a Nicolás; se saludan apenas con un gesto, porque la presencia de los mayores les cohíbe, y ella no ha venido al taller para ponerse de charla con los amigos. Tira a su padre del faldón de la camiseta.

—Papá, ¿puedo ayudar?

—Ayuda —contesta Vitorio, sin prestarle atención, al tiempo que pone sus poderosas manos sobre el banco de carpintero—. Este banco perteneció a mi padre. Madera legítima de haya. Aquí he construido yo mis mejores muebles. Y todo esto, ¿para qué? ¿para quién?

—¿Para quién?

Virilo sonríe mirando a Rosetta. La niña se mueve con diligencia, manejando el cepillo y la lija. En unos momentos la superficie de la mesa ha quedado como nueva, y la niña comienza a extender el barniz en pequeños círculos.

—Ahí tiene usted la respuesta.

La respuesta no parece ser del agrado de Vitorio, que abre los brazos con desesperación.

—Una niña carpintera. ¿Dónde se ha visto? La mando al colegio para que aprenda las cosas que tiene que aprender una señorita. Pues no. Quiere ser carpintera. ¿Por qué mis hijos se empeñan en llevarme la contraria?

—¿Por qué se empeña usted en llevarles la contraria a sus hijos?

Ante esta pregunta Vitorio se queda un poco desconcertado. Rosetta, por su parte, continúa con su labor como si la conversación no fuera con ella. Termina de encolar la pata con ademanes cuidadosos y eficaces; y vuelve a tirar de la camiseta de su padre.

—¿En qué más ayudo?

—Yo tengo un trabajito para ti —interviene Virilo—. ¿Sabrías arreglar una persiana?

—Puedo probar.

En ese caso no hay más que esperar. Mientras la niña se apresura a coger la caja de herramientas, Virilo le hace un guiño al honrado carpintero.

—Con una ayudante como ésta, pronto va a tener que ampliar el negocio.

Vitorio sonríe, pensativo, considerando esta posibilidad. Y da la impresión de que le parece bastante aceptable. Se encoge de hombros y vuelve a colocar el metro sobre el listón. Zico se le acerca.

—En los proyectos espaciales también se necesitan carpinteros. A lo mejor te toca hacer la nave donde viaje yo.

Y eso sí que sería, realmente, ampliar el negocio.

Entonces, cuando ya Virilo y Rosetta han doblado la esquina de la calle, aparece de nuevo Nicolás, que llega jadeante por la carrera.

—¡Eh! ¡Zico! —vocea desde la puerta—. Cuando seas cosmonauta me tienes que decir lo que hay después del cielo. ¡No se te olvide!

9

Nicolasa dice que no piensa planchar las camisas de nadie, ni fregar el suelo, ni regar las macetas; que ya está bien de que todo lo tenga que hacer ella y los demás no se molesten, siquiera, en avisar a un carpintero. Toda la mañana dando vueltas por ahí, perdiendo el tiempo, jugando con las amiguitas del colegio; y ella, a oscuras en su cuarto desde hace lo menos tres meses.

—Tres meses. Que ya habéis tenido tiempo, creo yo.

Vuelve la cabeza hacia la ventana de la sala, muy ofendida; y Virilo aprovecha el respiro para aclarar.

—Que te traemos al carpintero, mujer.

Nicolasa lo mira desdeñosa, poniéndose en jarras.

—¿Ah, sí?, ¿dónde lo trae?, ¿en el bolsillo?

—Es una carpintera —puntualiza Nicolás.

La carpintera se retira el pelo de la cara sacudiendo la cabeza, porque tiene las manos ocupadas con la caja de herramientas. Inquiere con un aire muy profesional.

—¿Dónde está la persiana?

Nicolás se apresura a mostrarle el camino. Nicolasa se queda pasmada cuando ve a Rosetta utilizar el destornillador, sacar las puntas, destapar la caja de la persiana y arreglar la avería en un dos por tres. Rosetta tira de la correa, la persiana sube con suavidad, y la luz del día devuelve todos los colores a la habitación.

—Fíjate... ¡qué habilidosa!

Rosetta va guardando las herramientas y Nicolás le ayuda, porque le gusta ver lo bien ordenadas que están, cada una en su compartimento. y que el pelo de Rosetta le haga cosquillas en la nariz.

—El lunes te ayudo a hacer los problemas, ¿quieres?

—¿Y el mapa de España?

—También.

Hay que ver qué cría tan espabilada. Nicolasa no sale de su admiración.

—Una niña como ésta me hacía falta en casa.

—Tendrás que esperar algunos años —contesta Virilo.

La niña les está tendiendo uno de esos papeles donde suelen ir anotadas las facturas.

—Son doscientas pesetas —dice—. Les he hecho una rebaja porque soy amiga de Nicolás.

En el recreo de esta mañana, Nicolás ha hecho un recuento de sus préstamos. Ha prestado la perdiz a Cipriá, un pato a Montse, la linterna a Carmiña, y a Rosetta esa cosa que no se sabe si es un embellecedor de un coche o una tapadera. Nicolás ha llegado a la conclusión de que sus amigos son unos pedigüeños. Es lo malo que tienen.

—¿No tendrás también un telescopio? —le pregunta Zico.

Desde que empezó el curso Zico asiste diariamente a la escuela, y los profesores están asombrados de sus conocimientos y del afán que pone en el estudio. Creen que va a ser un gran sabio. En cambio, a Rosetta no le ven ningún porvenir, se preguntan qué va a ser de ella cuando sea mayor, cómo se va a ganar la vida, si siempre está perdiendo el tiempo construyendo maquetas y artefactos raros.

—Voy a poner un volante en la goitibera, Nico, ¿me ayudas?

—Hoy no puedo.

Hoy Nicolás quiere resolver un asunto importante que, desde hace tiempo, le ronda la cabeza y le intriga mucho. ¿Qué pasaría al final con el cuento interrumpido?, ¿cómo terminaría? Nicolás tiene el presentimiento de que conoce el final de la historia, pero prefiere comprobarlo.

Cuando entra en la biblioteca la encargada le recibe con un gesto antipático que a Nicolás le resulta muy simpático y le divier-

te. Es como si ellos dos estuvieran represen-
tando una comedia, sin que los demás se die-
ran cuenta, un juego secreto. La bibliotecaria está numerando un lote de libros y
marcándolos con un sello de tinta morada.

—Lo siento. Ya no me quedan más libros
para tu abuelo —dice enseguida—. Mira esta
remesa que acabo de recibir. Todos los protagonistas son niños, ¿lo ves?

Nicolás adopta una expresión sumisa que
forma parte del juego.

—Sí, señorita.

—No salen abuelos, ni viejecitas, ni biblio-
tecarias, nada. Niños por todas partes.

—No importa. Hoy quiero llevarme ése.

Nicolás señala el libro forrado de azul que
se destaca en las estanterías, entre cientos de
ejemplares, como si fuera el único, como si
no existiera ningún otro.

—¿No quedamos en que ése no le gustaba
a tu abuelo?

—Es que no lo leímos entero. A lo mejor el
viejo sale al final. —La bibliotecaria suspi-
ra con aire de sufrimiento.

—Me tenéis harta.

Y estampa el sello, con mucha energía, por segunda vez en el mismo tomo.

—Alcánzalo tú mismo, anda; que yo estoy ocupada.

Y estos movimientos, desde que Nicolás carga la escalera, la arrima al estante, va subiendo por los peldaños y roza con los dedos la cubierta satinada del libro azul, cada uno de estos movimientos cobra un sentido mágico.

—Ya conoces las normas, ¿verdad?

—Sí —asiente Nicolás dócilmente—, que no puedo llevármelo a casa.

Como cualquier otro día a la hora de comer, Virilo se ha comido la miga del pan y Nicolás, la corteza. Virilo se ha bebido el vino y Nicolás, la gaseosa. Virilo ha retirado los platos y Nicolás ha limpiado el mantel con una bayeta húmeda. Luego, sin notar el calor que hace en la cocina ni oír las voces de un señor enfadado que alborota el patio, Nicolás ha abierto el libro forrado de azul, y ha buscado la página en donde la lectura quedó interrumpida. Virilo le mira a la cara fijamente y arrima un poco más su taburete hacia él. Escucha:

...«... *encerrado durante tres días en la leñera de la casa, sin más alimento que un rebojo de pan y un cuenco de agua, rindiendo, de esta manera, la indómita voluntad del muchacho, quien, al tercer día, se mostró dispuesto a acatar los deseos del padre.*

Así pues, comenzó Zico a trabajar, de mañana, en el taller de Vitorio, como un asalariado más, dando fin a sus fantasías y a sus correrías nocturnas, ya que tan pronto como oscurecía le rendía el cansancio de la jornada, y había de irse a dormir antes de que apuntaran los primeros luceros.

Sin embargo, sucedía algo extraño. Por más que el muchacho se aplicaba en el manejo de la sierra y la escuadra, apenas hacía progresos; y tal era su torpeza que causaba más destrozos que beneficios. Diríase que su ánimo se encontraba en otra parte, y que había en su mirada una nostalgia de estrellas.

Una mañana en que los empleados se

hallaban en la maderería, Vitorio hubo de ausentarse por unos momentos, y le encomendó la terminación de un delicado trabajo que había de ser entregado en palacio aquel mismo día, so pena de desatar las iras del rey, quien era temido por su crueldad en toda la comarca.»

—No me acordaba de que hubiera un rey —comentó Nicolás sin levantar la vista del libro.

—Había un palacio. En los palacios suele haber reyes y gentes de alcurnia.

«Se trataba, simplemente, de limpiar una mesa, cuya superficie estaba formada por una pieza de mármol negro única en su género. El muchacho se puso a la tarea con harto empeño, mas quiso su mala fortuna que empujara inadvertidamente un bote de cola, cuyo contenido se derramó sobre el mármol.

Sin saber qué hacer, aterrado por las terribles consecuencias que su imprudencia podía acarrear a su padre, Zico ocultó el rostro en-

tre las manos y prorrumpió en amargo llanto. No había transcurrido mucho tiempo, cuando creyó percibir un leve rumor a sus espaldas. Volvió la cabeza y ante sus ojos apareció un venerable anciano de largos cabellos...»

Nicolás mira a Virilo, emocionado.

—Aquí sales tú.

—Ya era hora —Virilo se rebulle satisfecho sobre el taburete. Le apremia con un movimiento de cejas—. A ver lo que dice...

«... un venerable anciano de largos cabellos, blancos como la nieve, apoyado en un báculo de oro que resplandecía como el mismo sol.»

Nicolás se detiene de nuevo y observa a Virilo con aire crítico.

—Tú no tienes largos cabellos blancos. Los tienes cortos y de punta.

—¿Eso qué importa? Han de cambiar algo las cosas, ¿no? Para eso están los cuentos. Tú no te pares.

«Era un sabio centenario al que acompañaba un servidor de corta edad. Venía, desde lejanos países, siguiendo la dirección de la estrella Polar, en busca de un muchacho al que transmitir su ciencia, y a quien enseñar los secretos del universo que él había desvelado a lo largo de su dilatada vida.»

—Dice que eres un sabio.

—No soy tonto, ¿no?

Ahora Virilo tiene su cabeza pegada a la de Nicolás, y trata de seguir con la mirada esos renglones, esos signos que no sabe descifrar y que cuentan, por fin, una historia donde interviene un viejo: Virilo.

«Cuando Vitorio regresó al taller y vio el valioso mueble estropeado por la negligencia de Zico, se indignó sobremanera, pues temía caer en desgracia ante el rey si no cumplía su encargo en el plazo fijado; pero el viejo sabio aplacó su ira con prudentes palabras, y le hizo ver cuán equivocado estaba, obligando al muchacho a realizar tareas para las que

no estaba dotado, y apartándole, en cambio, de su verdadero destino.

—No se puede cambiar el curso de los ríos —dijo el anciano—, ni cegar las aguas del manantial.

Pues estaba escrito que, andando el tiempo, Zico llegaría a ser un gran sabio que descubriría las rutas inexploradas del universo.

Estas razones sacaron a Vitorio del error en que estaba, mas no calmaron sus temores, ya que no veía el modo de salir con bien del difícil trance en que se hallaba. Lamentábase de su infortunio, cuando oyó, con espanto, el son de las trompetas y el rechinar de los cascos de los caballos, aproximándose al lugar. Poco después, el mismo rey irrumpía, altaneramente, en el taller, envuelto en una larga capa de armiño y seguido por una escolta de nobles y palaciegos.

Vitorio se sintió perdido. Tanta era su turbación que no reparó en un leve ademán del anciano, quien, levantando su báculo, rozó con él la superficie del mueble dañado. De pronto, una exclamación de asombro brotó de todas las gargantas, y los presentes contemplaron, maravillados, la obra más bella jamás salida de las manos de un artesano. Sobre el mármol negro de la mesa brillaban cien puntos luminosos como una lluvia de diminutas estrellas.

Impresionado por tan admirable obra, el rey nombró allí mismo a Vitorio carpintero real; lo colmó de honores, y le hizo instalarse en palacio, donde Vitorio fundó una escuela, en la cual los jóvenes más diestros del reino siguieron sus enseñanzas, continuando así la labor del honrado carpintero.

En cuanto a Zico, dícese que le han visto, contento y dichoso bajo los cielos estrellados del mundo, en compañía de un sabio centenario que posee las ciencias del pasado y del futuro. Y susurran las gentes que ambos han descubierto ignotos caminos, han explorado espacios siderales, y han conocido maravillas que los ojos de ningún otro hombre han contemplado jamás.»

EPÍLOGO

Al acostarse por la noche Nicolás percibe un sonido extraño bajo su cama. Es verdad que su cama tiene un repertorio de ruidos variados; a veces ruge como una barca motora, traquetea como un tren, chirría como las ruedas de un coche; pero lo de esta vez es algo realmente insólito. Está maullando como un gato.

—¿Tendré un colchón ventrílocuo? —se preguntaba Nicolás—. ¿O tendré un gato?

Lo que tiene es un gato debajo de la cama, cómodamente recostado sobre un neumático. El gato tiene el pelo dorado con un triángulo negro entre las orejas, los ojos

fosforescentes y todo el aspecto de llamarse
Osiris. Nicolás le aprieta las patas delanteras
para que saque las uñas.

—¡Eh!, no hagas eso —le advierte Virilo
desde la puerta—. Se pone hecho un basilisco.

Y no es preciso discurrir mucho para averiguar cómo ha llegado hasta allí.

—¿A que estaba perdido en el pinar?

—Calla, que no se entere tu madre.

Virilo cierra la puerta con precaución
para no hacer ruido. Acaricia el lomo de
Osiris que vuelve a enfundar las uñas y ron-
ronea.

—No es un gato como los demás. Ya te irás
dando cuenta. Se sabía el camino de casa.

—¿Se sabía el camino de casa?

Virilo no contesta. Se ve que no quiere
hacer más aclaraciones por el momento, y
Nicolás no insiste. Después de todo, Virilo
no es un abuelo como los demás y hay que
dejarle a su aire. Hay que dejar que esta
noche se pasee, majestuoso, por la habitación, como un sabio centenario que llevara

en su mano un báculo de oro más resplandeciente que el mismo sol.

—¿Devolviste el libro a la bibliotecaria?

Nicolás hace un gesto afirmativo; luego añade un poco decepcionado:

—¿Te diste cuenta? Yo no salía casi nada.

—A mí me gustó mucho —dice Virilo con un aire lejano, como si estuviera soñando—. Estaba muy bien, sí señor. Mira cuando toco la mesa con mi báculo y la transformo por arte de magia...

—¿Y Rosetta qué? De Rosetta no decía ni una palabra.

Virilo hace un ademán de impaciencia, molesto de que vengan a estorbarlo con pequeñeces en su hora triunfal.

—Rosetta y tú tenéis tiempo de escribir vuestra propia historia.

Y vuelve a quedarse absorto y feliz, reviviendo, seguramente, todos los detalles de su intervención salvadora en *La historia de Zico*. Pero Nicolás tiene una duda que quisiera resolver esta noche.

—Hay algo que no entiendo, abuelo —ladea la cabeza para ver mejor a Virilo—.

¿El libro ya estaba escrito así o lo has cambiado tú?

—Ya, ya veo por dónde vas...

—Si no hubiéramos entrado en el taller de Vitorio, ¿cómo hubiera terminado la historia?

Virilo se encoge levemente de hombros y muestra la palma de las manos, dando a entender que él no tiene la respuesta.

—Cualquiera sabe...

Luego le remete la ropa de la cama, y mientras Osiris corre a acomodarse en su neumático. Virilo se detiene todavía junto a la puerta.

—Mañana trae un libro de letra grande. Ya va siendo hora de que me enseñes a leer.

Nicolás asiente, con los ojos cerrados, y se desliza perezosamente entre el frescor de las sábanas. Se queda pensando... el mundo está lleno de cosas misteriosas.